造型讲堂

速写

主编：乔建国
编著：王海强

中青雄狮

中国青年出版社

前 言

《造型讲堂》系列丛书是根据我们多年的教学实践与经验，积累形成的一套比较系统的教材。根据我们开设的所有课程，在此汇总成册，以便教学工作更好地开展，实现教与学的良性循环。

以教材形式推出的有以下 6 本：《素描头像》、《色彩静物》、《速写》、《素描半身像》、《色彩头像》、《命题创作》。

以专辑形式推出的有：《郭创素描肖像教学专辑》。

丛书中包含了最值得美术类考生学习和参考的全部资料，分类简洁、明确，是大家学习过程中不可或缺的权威教材。我们收集整理了近 9 年来学生的优秀作品，并将多年的教学体系总结整理出教学大纲编著于内，相信这系列丛书会成为大家的良师益友。

丛书中囊括的一千余幅作品，都是从近三千幅作品中精选出来的，根据不同的科目和内容合理安排，形成完善的教学体系。文字讲解精辟、充分，深入浅出，详细的步骤讲解为教与学提供了更为科学的方法。

书中作品，融汇了莘莘学子的兴奋、感伤与果断，还有成功之后的喜悦，当然，从中也能看到他们的不足。这些作品虽有些稚嫩，但充满了朝气；这些作品虽然不是十分完善，但也别有一番风味。让我们静静地观看，这些作品大都有着合理的构图、明确的节奏、和谐的色彩、精巧的笔触；这些作品里面蕴含着某种真实纯粹的东西，皴、擦、抿、点中体现了艺术的韵律，一勾一画里蕴含着作者无尽的情思；这些作品是泼墨挥洒间留住的时间碎片，每一张画都像是在述说，述说学生们的心路历程……

本套丛书是我们多年来发展历程的一次总结，也预示着我们将面对一个全新的开始和即将迎接新的挑战，总之我们做好了一切准备，并会一如既往地努力，争取做得更好。

希望本书中所收录的作品能够给予读者一些帮助和启发，在此也感谢本书所有供稿者和对本书的顺利出版提供帮助的同仁们。书中如有不完善之处，还望大家批评指正。

乔建国

2010 年 7 月 12 日

教学主张

　　首先，要深入了解人体解剖结构，并进行局部分析训练，加强知识储备和艺术鉴赏力。其次，要培养对形象的记忆能力和默写能力，加大生活速写训练，以便加强对周围环境与不同人物生活状态的认识和理解。我们在提倡整体意识应用和发展的同时，更要注重培养学生敏锐的观察能力，强调处理画面的主动性和创造力以及他们对绘画的概括能力，并在此基础上继续大胆地进行多方面尝试，从而使学生形成个性化的表现方法。

教学大纲

工具		笔	B类铅笔、碳铅类、木炭、擦笔、色粉笔、油画棒、钢笔等
		纸	32开、16开、8开、4开、2开
		橡皮	软橡皮、硬橡皮、橡皮泥等
		其他	根据画面需要均可采用
第一阶段	**局部分析**	训练目的	深入了解人体解剖结构
		训练内容	头部（眼、鼻、耳、嘴、头发）、颈、肩、胸廓、手臂、腿、脚、衣着等的细节刻画
	经典作品欣赏	训练目的	加强知识储备和艺术鉴赏力
		训练内容	考前作品、大师经典作品欣赏与分析
	临摹	训练目的	吸收、借鉴、储备，体会经典作品的创作过程
		训练内容	艺用人体解剖结构分析，了解人体结构
	基本要素训练	训练目的	培养敏锐的观察能力和概括表现能力
		训练内容	1.概括表现人物大的动态 2.强化训练对形态、体块的理解与概括能力 3.静态姿势和动态姿势交替进行写生训练
		训练重点	1.重心线、动态线、透视线、比例线 2.对对象动作变化过程中动态的"选定"和对选定动作的感受和记忆 3.从简到难，循序渐进
		训练周期	两周（晚课），每节课长短期交替进行
		作业要求	2、5、10、15分钟一张（16开、8开纸）
第二阶段	**观察生活训练**	训练目的	1.感受生活，记录感受的方式，善于捕捉趣闻趣事 2.提高对形象的记忆能力和默写能力 3.为创作收集大量素材
		训练内容	课外生活速写（各类人群、建筑、风景等）
		训练重点	不同人物的生活状态与不同环境的关系，善于捕捉趣闻趣事
		训练周期	根据不同课程（场景速写、命题创作）需要，合理安排时间课外完成
		作业要求	两周一张（2开裱纸）
	单人速写	教学目的	培养敏锐的观察能力和对绘画的概括能力，提高对形象的记忆能力和默写能力
		训练内容	1.静态姿势、动态姿势的写生训练 2.不同模特趣味性的捕捉训练
		训练重点	1.表现人物动态 2.对对象动作变化过程中动态的"选定"和对选定动作的感受和记忆 3.凭观察和解剖知识填补细节
		训练周期	两周（晚课），每节课长短期交替进行
		作业要求	15、20、30分钟一张（16开、4开纸）

第三阶段	**经典作品欣赏**	训练目的	提高鉴赏力, 认识和体会经典作品的本质
		训练内容	考前作品、大师经典作品欣赏与分析
	场景速写	训练目的	培养敏锐的观察能力、对绘画的组织概括能力、提高对形象的记忆能力和默写能力, 同时培养学生把握整体和组织画面大关系的能力
		训练内容	1.静态姿势、动态姿势的写生训练 2.固定组合场景训练, 自由组合场景训练 3.命题默画场景速写训练
		训练重点	1.深入塑造, 合理安排画面光影、色块、主次关系 2.按照画面结构需要调整节奏
		训练周期	3个月(晚课), 可阶段性与其他科目交替进行
		作业要求	8开、4开、2开
第四阶段	**经典作品欣赏**	教学目的	提高鉴赏力, 体会经典作品的创作过程
		训练内容	1.赏析央美留校作品 2.赏析大师经典作品
	表现技巧	教学目的	达成更为完善成熟的表现方法
		训练内容	大胆地进行多方面尝试
		训练重点	1.强调处理画面的主动性和创造力 2.灵活运用不同工具和表现方式以便更加符合不同模特的感觉
		训练周期	两周(晚课)
		作业要求	3小时一张(8开、4开)
第五阶段	**应试训练与分析**	教学目的	针对性训练
		训练内容	1.静态姿势、动态姿势的写生训练 2.固定组合场景训练, 自由组合场景训练 3.命题默画场景速写训练
		训练重点	1.熟练把握和控制画面节奏 2.对考试的认识 3.速写考试中应注意的问题
		训练周期	1个月(晚课)
		作业要求	3小时一张(8开、4开)
第六阶段	**调整心态**	在训练上: 不要求有更大的突破, 能够熟练掌握和运用之前的知识正常发挥即可, 保强补弱, 力求平衡 在心态上: 集中精力, 回避干扰, 制定计划, 珍惜时间	

九度
2010年7月12日

目 录

怎样画
好速写

对于初学者来说，速写可训练造型综合能力，是我们在素描中所提倡的整体意识的应用和发展。不过，速写的这种综合性受限于速写作画时间的短暂，而这种短暂又受限于速写对象的活动特点。因为速写是以运动中的物体为主要描写对象的，画者在没有充足的时间进行分析和思考的情况下必然以一种简约的综合方式来表现。

速写能培养我们敏锐的观察能力，使我们善于捕捉生活中美好的瞬间。速写也能培养我们的绘画概括能力，使我们能在短暂的时间内抓住对象的特征。速写还能为创作收集大量素材，

好的速写本身就是一幅完美的艺术品。

速写能提高我们对形象的记忆能力和默写能力，能探索和培养具有独特个性的绘画风格。因此对于初学者来说，速写是一种学习用简化形式综合表现运动物体造型的绘画基础课程。

对于绘画创作者来说，速写是感受生活、记录感受的方式，能够使这些感受和想象形象化、具体化。速写是由造型训练走向造型创作的必然途径，经常练习速写，能使我们迅速掌握人体的基本结构，熟练地画出人物和各种动物的动态和神态，对创作构图安排和情节内容的组织有很大的帮助。

表现材料及工具

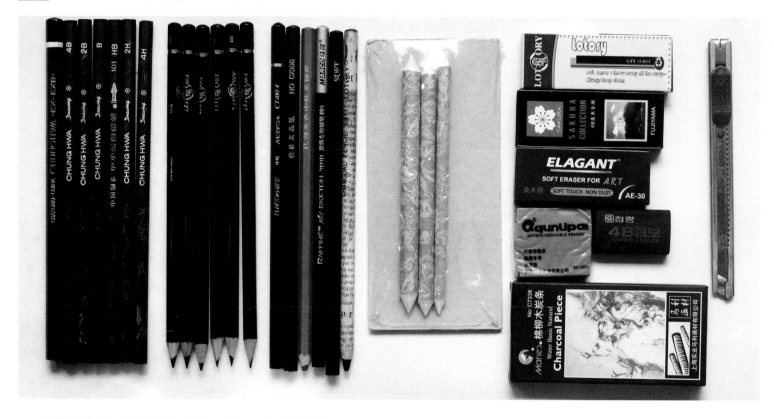

速写对绘画工具的要求不是很严格，一般来说能在材料表面留下痕迹的工具都可以作为速写工具，比如我们常用的铅笔、钢笔、马克笔、圆珠笔、碳铅笔、木炭条、毛笔等。其中炭笔是速写的常用工具，炭笔笔芯较粗加上又是炭质材料，因此黑白对比度强，较之铅笔线条颜色更浓重，也更容易画出色调的丰富层次。同时，炭笔在纸上运行时手感阻力较大，其线条在滞留中更富有内在的力度。

与炭笔相比，炭精条更具表现力。利用炭精条棱边画出的线条锐利而富有变化；而将其斜外使用时又可作较大面积的涂抹，画出的线条和色调流畅、生动、空透，且极富色调变化。另外，将纸笔、手指、像皮擦作为辅助工具配合炭精条使用，可以产生更为丰富的变化，进一步增强表现力。

铅笔是我们十分熟悉的绘画工具，也是广泛使用的速写工

具之一。铅笔分为硬铅笔（H型）和软铅笔（B型）两类，每一类又分别划分为六个级别，因此，使用时有较大的选择空间。一般来讲，硬铅笔适合画以线条为主要表现手段，且线条工整、涓细的速写；软铅笔适合画以线和色调结合，且线条流畅、奔放的速写。铅笔的特点是便于掌握，特别是软铅笔，轻轻接触画纸即可留下清晰的笔迹，其线条或轻或重、或粗或细、或浓或淡、或流畅或拙笨，容易控制。铅笔用于画色调则微妙而丰富，色调层次也易把握。铅笔侧用，可画粗线，抓大效果；用其棱角部分，可画细线，丰富细节。还可以用纸笔或手指作为辅助工具，在线条或色调上揉擦产生柔和、微妙的色调，丰富其表现力。铅笔速写还可用一种笔芯扁平的木工专用铅笔（又称"速写铅笔"），变换用笔角度即可画出变化的线条，更便于画大色调。

解剖

1. 骨骼解剖图示

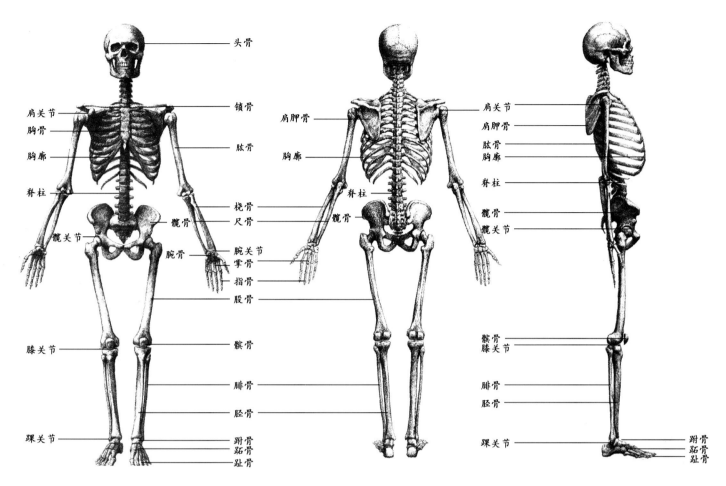

头骨
肩关节
胸骨
胸廓
脊柱
髋关节
膝关节
踝关节

锁骨
肱骨
桡骨
尺骨
腕关节
腕骨
掌骨
指骨
股骨
髌骨
腓骨
胫骨
跗骨
跖骨
趾骨

肩胛骨
胸廓
脊柱
髋骨

肩关节
肩胛骨
肱骨
胸廓
脊柱
髋骨
髋关节
髌骨
膝关节
腓骨
胫骨
踝关节
跗骨
跖骨
趾骨

2. 肌肉解剖图示

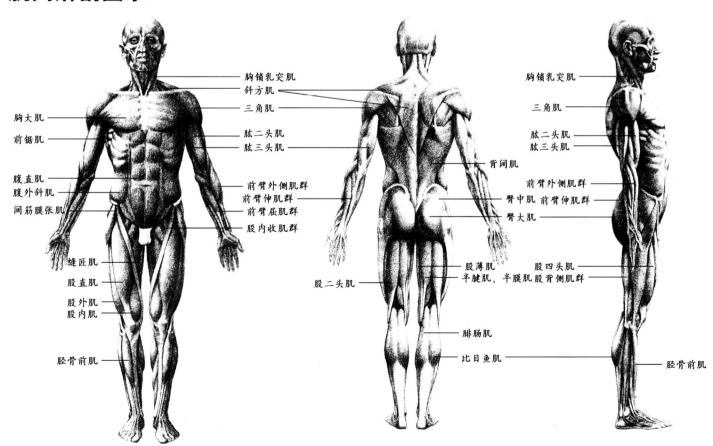

胸大肌
前锯肌
腹直肌
腹外斜肌
阔筋膜张肌
缝匠肌
股直肌
股外肌
股内肌
胫骨前肌

胸锁乳突肌
斜方肌
三角肌
肱二头肌
肱三头肌
前臂外侧肌群
前臂伸肌群
前臂屈肌群
股内收肌群

背阔肌
臀中肌
臀大肌
股薄肌
半腱肌、半膜肌 股背侧肌群
股二头肌
腓肠肌
比目鱼肌

胸锁乳突肌
三角肌
肱二头肌
肱三头肌
前臂外侧肌群
前臂伸肌群
股四头肌
胫骨前肌

比例

速写人像头与全身的基本比例为"站七、坐五、盘三"。在写生时，我们会根据具体的人物形体特征对比例进行调节。

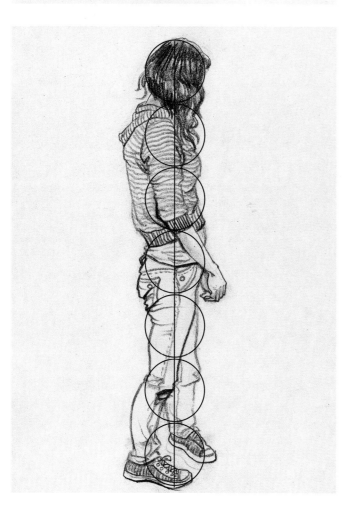

体块

　　根据人体解剖学可将人体各部分理解成具有相应特征的集合体——立方体、球体、柱体、多面体、曲面体等。这些几何体本身的构造和几何体之间的榫合，便是人体的基本体块。

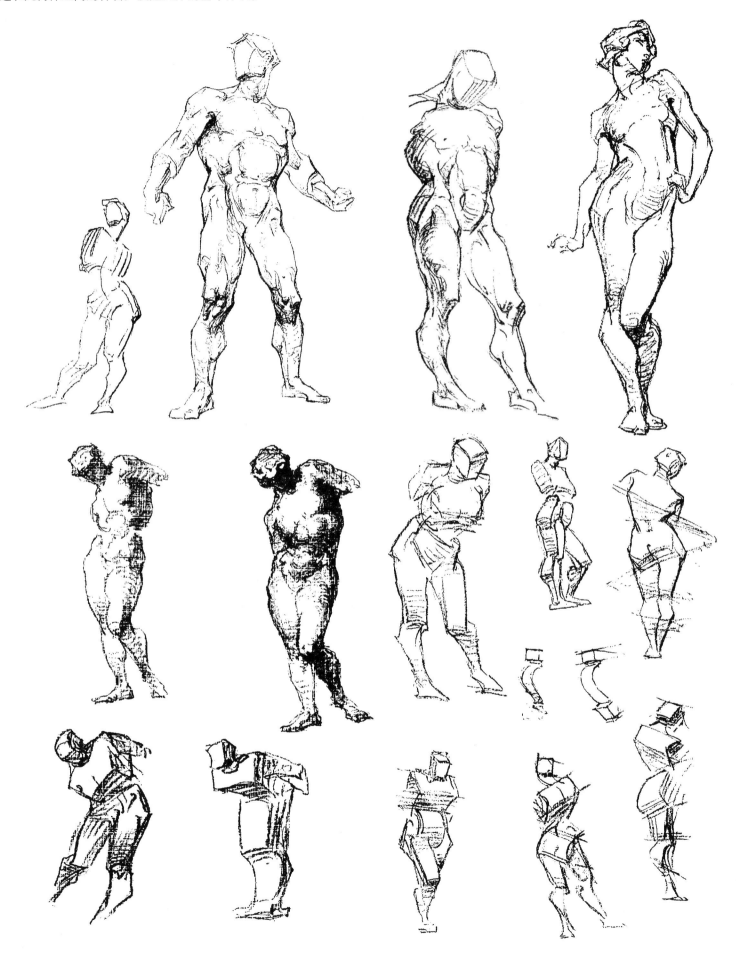

动势

要想将动态速写训练画好，必须学会抓住和表现"动态线"。动态线是人体中表现动作特征的主线，一般表现在人体动作中大的体积变化关系上。侧面表现人物时，动态线往往体现在外轮廓的一侧；正面表现人物时，动态线主要表现在脊椎和四肢的变化上。抓住动态线对于画好动态速写至关重要。

那么如何画好动态线呢？

我们应注意以下几个方面：

1）动态线是因人体动作变化产生的，它是外形上最明显、衣服与身体贴得较紧的部位。

2）画动态线时，要抓住大的部位，抓关键的动势并注意动态的重心。

3）动态线是非常简练的线条，要根据动作的复杂程度决定动态线的多少。在每个动作中，主要的动态线仅有一条，其他的是动态辅助线。

4）抓住人体的各个关键部位的结构关系，如头与肩、手臂与躯干、骨盆与大腿、大腿与小腿以及小腿与脚踝的结合处。

表现形式

1. 线描速写

线条是速写最基本的造型语言，也是速写最基本的造型要素。线条的表现直接、快速、简练、准确，既符合速写本身的特点，又能充分适应速写造型的需要。

线条因所使用的工具和材料的不同，会产生丰富的变化，线除了具有一般的干湿、浓淡、粗细、曲直等形态变化外，它的流畅或滞重、飘逸或苍劲、急促或抒缓、隽永或凝重、俊秀或粗犷等特征更富情感性和独特的形式美感。

以线条为主要表现手段的速写，通过线的长短、粗细、曲直变化和线的穿插、重叠、疏密等线条组合，可表现形象的轮廓、暗示形体的体积空间、概括物象的层次，或强化形象的特定动(神)态和情绪，大大增强了速写的表现力。

对于速写来讲，线条运用的根本目的是为形象服务。也就是说无论线条运用是否完美，都应以对物象形态和情态的完美表现为惟一原则，切不可脱离这一根本。对线条的自如驾驭和自由运用需要努力实践、认真总结和不断积累，只有坚持，才能水到渠成。

2. 明暗速写

明暗色调作为速写的基本造型语言，运用十分广泛，且富有丰富的表现力。

速写中的明暗色调，或用密集的线条排列并控制线条排列的疏密以构成具有明暗变化的色调，以对物象作概括而深入的表现；或将笔侧卧于纸面放手涂画擦抹，构成深线不同的块面色调，使物象的表现更为生动和鲜明；或用毛笔蘸墨汁大片涂抹或干笔皴擦，以获得富有丰富变化的色调，从而具有独特的审美趣味和表现力。

简练、概括是速写的基本特征。以明暗色调为主要表现手段的速写，在明暗色调的运用上与一般素描相比，需要特别强调简练与概括。无论是运用色调表现物象的形体结构、动态特征，还是运用明暗色调表现物象的空间关系、情绪气氛，都必须做到简练、概括。要注重抓好黑、白、灰的大关系，控制或减弱中间灰色层次，切忌不可对物象明暗色调进行客观的如实描摹。

速写中要做到明暗色调的简练、概括，一是要依据物象的形体结构特征，抓好明暗交界线的色调关系；二是要依据物象固有色的深浅程度，处理好明暗色调层次；三是要依据画面的需要，运用明暗变化规律，能动地调整和控制明暗色调。

表现步骤

细节表现

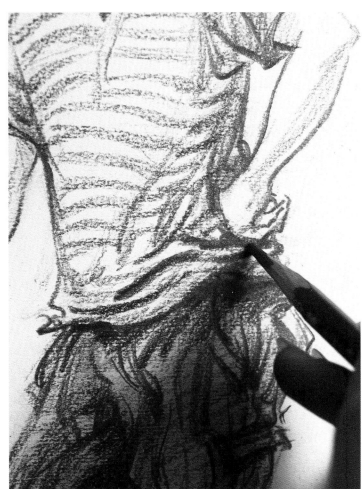

场景速写

1. 构图要点

场景速写是指以人物活动场面为主体或以景物为主体而又有人物活动的速写，可以说是人物速写和景物速写的综合。

场景速写包括了人、物、景等要素，不仅场面大、内容多，而且一般都以人物活动及动态形象为主，因此难度较大。掌握人的形体结构、动态规律和透视、构图的基本原理，是画好场景速写的基础。在场景速写中，无论是形象的取舍还是组合，都要充分发挥画者的主观能动性，切忌被动地自然摹写。

在场景速写中应着重把握以下几个要点。

1）把握主题

就像写文章首先要明确写什么及表现什么主题一样，主题性也是场景速写的一大特点。场景速写首先要把握主题，确立主题的表现，即确立场景速写中的主体形象。一幅场景速写只能有一个主题，主体形象即是场景速写的中心。其他与主题有关的人、物、景都是从属的，是为突出主题、烘托主体服务的。

2）合理布局

如何表达主题，如何处理主体形象与从属的人、物、景的关系，如何使画面构成有机联系的整体，使这些关系协调统一就是布局。人与人、人与物在布局上要有主次之分，以突出主体，构成画面中心。同时人与人、人与物也要有呼应，以增强画面的整体性和表现力。在画面构成的布局上，要注意疏密、虚实，以及形象与空间的对比与协调、变化与统一。

空间

空间的表现主要有以下几种方法。

通过人物之间的大小对比来表现。

通过明暗表现，如这幅作品中近景亮，远景暗。

通过近景人物深入刻画，远景人物概括刻画来表现。

通过空间中的透视线来表现，如墙体边缘线、地板分割线。

主次

前景人物组群成纵向关系，人物之间通过视线进行联系。

远景人物组群呈横向关系，明暗关系接近。

对中心人物的神态、动作、服饰进行详细刻画。

远景人物主要采用概括、放松的手法进行处理。

黑、白、灰

逆光人物通过明暗对比成为该画面的中心。

远景中不同明暗的灰色调形成丰富的空间层次。

近景中通过对白色画板的表现减弱了近景的明暗对比强度，从而更好地突出了中心人物。

2. 人物状态

对主要人物的表情、神态进行深入刻画，可以增强画面的生动性。

3. 画面气氛的营造

通过人物相同的神情和动势营造出紧张的画面气氛。

通过灯光效果营造出安静的画面气氛。

背景中的道具与前景中的人物共同营造出热闹的画面气氛。

层叠的画架、画板和作画的人共同营造出紧张的学习气氛。

4. 场景速写表现步骤

作品范例

1. 单人速写

造型讲堂 速写

2. 场景速写

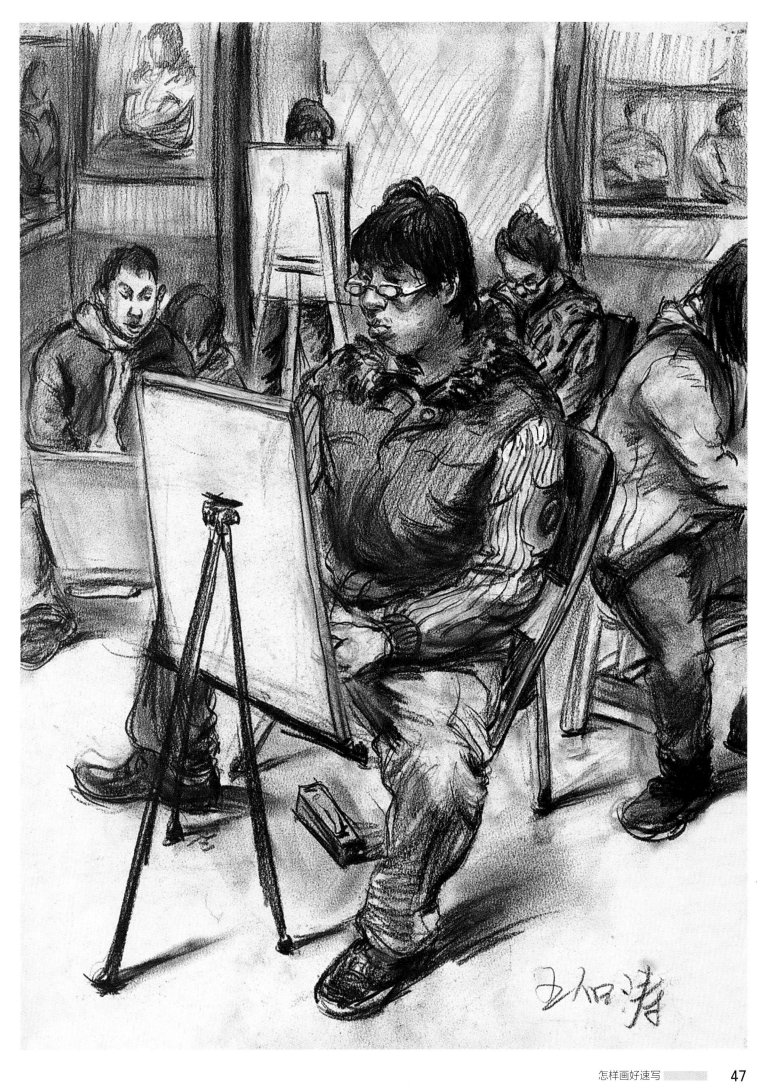

速写应
试要点

评分标准

1）构图饱满，上下左右平衡、合理，视角独特（主要针对人物场景速写）。

2）人物造型准确（包含比例、重心、透视及内在结构穿插）。

3）人物形象特征鲜活，形象特征明确。

4）画面人物节奏感强（黑白灰关系及线条主次、疏密关系明确）。

5）细节刻画到位，质感丰富。

6）用线、上色具有一定的艺术表现力。

速写应试注意事项

1）单人速写

在单人速写应试中，首先应确定头、手、脚的位置关系，定好大的比例，以简单的线条迅速表现出模特大的动态特征，注意头、颈、肩、胯的倾斜角度，把握住中心。接下来从局部入手仔细刻画人物形象特征及服饰的质感，注意衣纹的虚实、疏密。最后通过色调表现出模特大的明暗关系。整个画面线条要流畅、上下贯穿、一气呵成。

2）场景速写

场景速写是考前训练中从单人速写过渡到创作的课程，是单人速写的延展，也是进入创作的必经阶段。

场景速写包括人物速写、动态速写、道具速写与环境速写，其表现手法更加多样、灵活，作画步骤自由，画面内容和背景可根据需要主观选择。与单人速写相比，场景速写需要较强的画面控制能力和对细节的刻画能力。画好场景速写将为创作打下良好的基础。

场景速写的训练主要分为以下四部分。

1）人物训练：把握中心人物的体态特征和性格特点，注意人物的动势、衣着及整体结构。

2）构图训练：下笔前要对构图胸有成竹，按预想的框架安排、组织画面元素才能掌控画面。在绘画过程中可以根据画面的需要与进程即兴调整。通常场景速写是依主次关系先后画出对象，再根据情节和需要安排构图中的细节。

3）空间训练：场景速写的复杂主要体现在空间的层次与安排上，如果不能合理地安排层次空间，画面就会越显凌乱而喧宾夺主。场景速写通常由主体人物、中景和远景三个空间层次构成，通常运用不同手法就可以区分三个层次，有效地加强空间关系。

4）环境训练：场景速写中的环境描写，除说明作用外还能深化主题、统一整体。环境的表现手法要区别于主体的表现手法，环境与主体的刻画要做到繁简、轻重、方圆、缓急等对比。这样画面节奏才能既对立又统一。

场景速写中要学会组织不同的绘画对象与画面元素，把画面中的人与物编排成若干组，形成组与组间的对比和呼应。在画面中舍去多余和不美的元素，主观加入有用的美的形象，大胆取舍。

初学场景速写应由易到难，先选择人物少、动态稳、环境简单的场景入手；再由室内人物组合逐步走向室外，到环境复杂的工地、车站、市场等场所去。要养成利用一切可利用的条件，收集并积累生活中点滴的习惯，为下一步的创作做好准备。

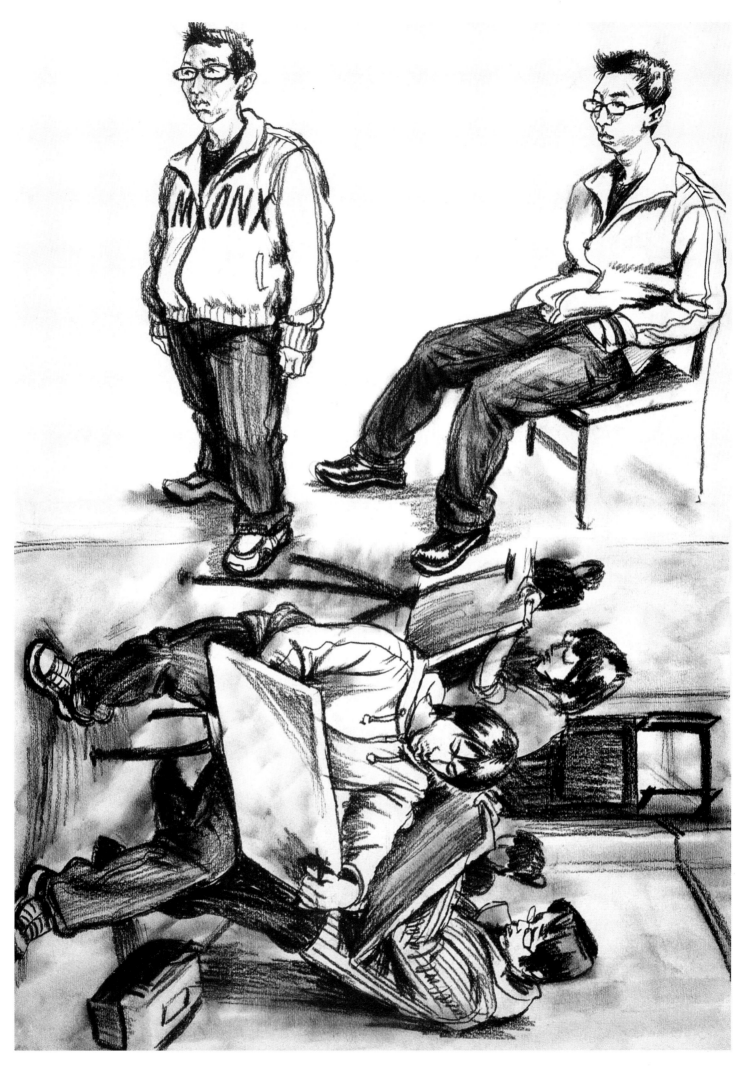

应试步骤范例

认真观察动态对象，选定典型动态，集中精神完整地感受动态特征。迅速画出主动态线和动态辅助线。

凭观察或记忆画出体积关系。

迅速画出表现动势的衣纹。

凭观察和解剖知识完善细节，按照画面结构要求调整形式节奏。

2009.1.23 TS

作品范例

1. 线描速写

戊子年写柜京華 張輝

己丑年写柜京華 張輝

09.10.2. 孙唐

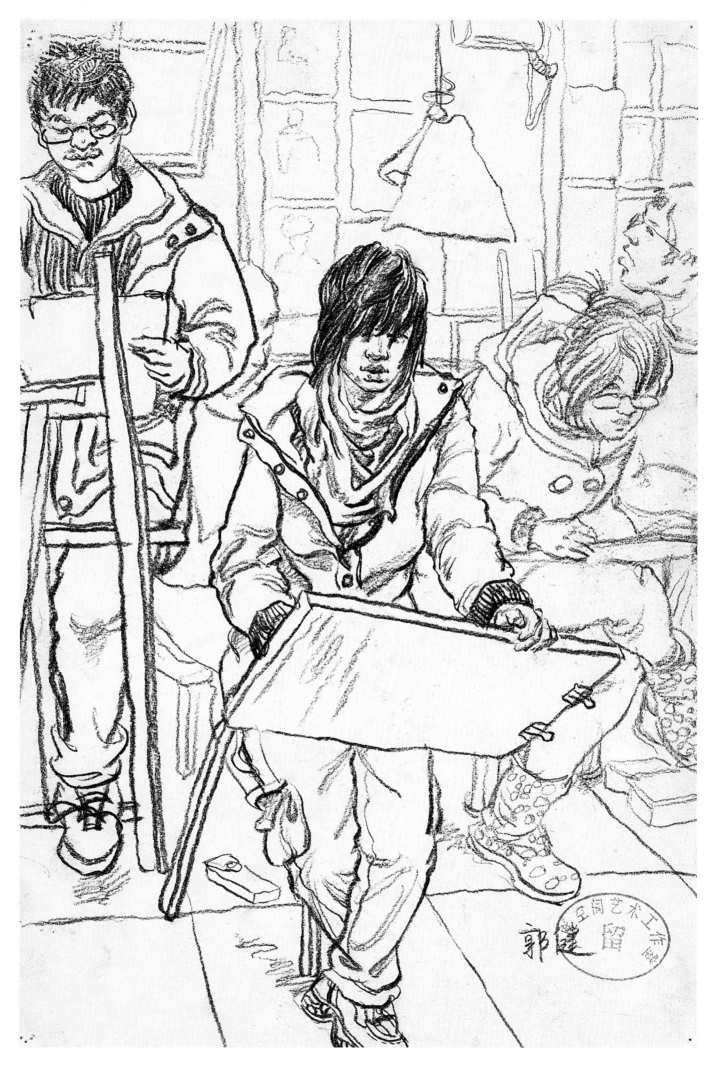

己丑年 写于北京 张辉

2. 明暗速写

2009 9.12 T·S

2009.9.16.T.S

造型讲堂 速写

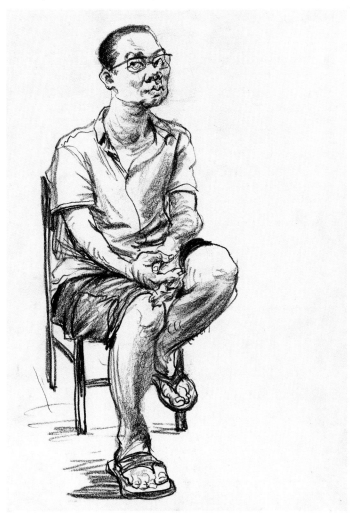

赵志豪 2010.1.14

造型讲堂 速写

郭建

郭健 09.12.17
於九度

乔建国简介

1978 年 10 月 7 日出生，汉族，祖籍山东省淄博市。

2002 年，创办"九度空间画室"至今。

2003 年，考入中央美术学院（造型学院）。

2004 年 5 月，荣获"基础部教学成果展"一等奖。

作品《女中年全身裸体素描》留校收藏。

作品《女青年全身着衣油画》留校收藏。

2005 年，组织并参与"淄博籍青年艺术家作品联展"，淄博展览馆展出。

2007 年 6 月毕业于中央美术学院油画系，本科。同年定居北京。

2007 年，参加"深度绘画展"，3818 库画廊主办。

2007 年，参加"学院联展"，西五画廊主办。

2008 年，主编《中央美术学院考前系列丛书——足迹》，吉林电子出版社出版。

2009 年，参与编著《完美教学系列丛书》，名誉编委，吉林美术出版社出版。

主编《完美教学系列丛书——九度空间画室 I 日记》，西冷印社出版。

2010 年，主编《造型讲堂系列教程》，中国青年出版社出版。 参与编著《完美教学系列丛书》（新版），名誉编委，吉林美术出版社出版。

参与编著《成功教学系列丛书》，中国书店出版社出版。

主编《成功教学系列丛书——九年足迹 I 九度》，中国书店出版社出版。

主编《教学对话系列丛书——素描头像临摹本》，江西美术出版社出版。

丛琮简介

1984 年 11 月 29 日出生，汉族，祖籍山东省淄博市。

2002 年，创办"九度空间画室"至今。

2004 年，考入中央戏剧学院（舞台美术系）。

2005 年，组织并参与"淄博籍青年艺术家作品联展"，淄博展览馆展出。

2006 年，作品"舞台模型——北京胡同"留校收藏。

2007 年 6 月毕业于中央戏剧学院（舞台美术系），本科。同年定居北京。

2008 年，参与编著《中央美术学院考前系列丛书——足迹》造型篇，吉林电子出版社出版。

2009 年，参与编著《完美教学系列丛书》，吉林美术出版社出版。

参与编著《完美教学系列丛书——九度空间画室 I 日记》，西冷印社出版。

2010 年，参与编著《造型讲堂系列教程》，中国青年出版社出版。

主编《造型讲堂系列教程——郭创素描肖像教学专辑》，中国青年出版社出版。

参与编著《完美教学系列丛书》（新版），吉林美术出版社出版。

担任《成功教学系列丛书》名誉编委，中国书店出版社出版。

参与编著《成功教学系列丛书——九年足迹 I 九度》，中国书店出版社出版。

参与编著《教学对话系列丛书——素描头像临摹本》，江西美术出版社出版。

律师声明

北京市邦信阳律师事务所谢青律师代表中国青年出版社郑重声明：本书由著作权人授权中国青年出版社独家出版发行。未经版权所有人和中国青年出版社书面许可，任何组织机构、个人不得以任何形式擅自复制、改编或传播本书全部或部分内容。凡有侵权行为，必须承担法律责任。中国青年出版社将配合版权执法机关大力打击盗印、盗版等任何形式的侵权行为。敬请广大读者协助举报，对经查实的侵权案件给予举报人重奖。

短信防伪说明

本图书采用出版物短信防伪系统，读者购书后将封底标签上的涂层刮开，把密码（16位数字）发送短信至106695881280，即刻就能辨别所购图书真伪。移动、联通、小灵通发送短信以当地资费为准，接收短信免费。短信反盗版举报：编辑短信"JB，图书名称，出版社，购买地点"发送至10669588128。客服电话：010-58582300。

侵权举报电话：

全国"扫黄打非"工作小组办公室　　中国青年出版社
010-65233456　010-65212870　　010-59521012
http://www.shdf.gov.cn　　　　　E-mail: law@cypmedia.com　　MSN: cyp_law@hotmail.com

图书在版编目(CIP)数据

速写 / 王海强编著. --北京：中国青年出版社，2010.10
（造型讲堂）
ISBN 978-7-5006-9551-6
I. ① 速... II. ① 王... III. ①速写－技法（美术）－高等学校－入学考试－自学
参考资料 IV. ①J214
中国版本图书馆CIP数据核字（2010）第 181918 号

书　　名：造型讲堂 —— 速写
编　　著：王海强
主　　编：乔建国
丛书策划：王海强
责任编辑：郭　光　王丽锋
封面设计：张宇海
出版发行：中国青年出版社
　　　　　北京市东四十二条21号　邮政编码：100708
　　　　　电话：（010）59521188 / 59521189
　　　　　传真：（010）59521111
营销企划：中青雄狮数码传媒科技有限公司 reader@cypmedia.com
　　　　　www.21books.com　www.cgchina.com
印　　刷：北京华联印刷有限公司
开　　本：635×965　1/8　印　张：15
版　　次：2010年10月北京第1版
印　　次：2010年10月第1次印刷
印　　数：3000册
书　　号：ISBN 978-7-5006-9551-6
定　　价：50.00元

"北京北大方正电子有限公司"授权本书使用如下方正字体
方正兰亭系列字体